Juliane Dèry

Die selige Insel: dramatisches Idyll

Juliane Dèry

Die selige Insel: dramatisches Idyll

ISBN/EAN: 9783743635333

Hergestellt in Europa, USA, Kanada, Australien, Japan

Cover: Foto ©Andreas Hilbeck / pixelio.de

Weitere Bücher finden Sie auf **www.hansebooks.com**

Die selige Insel.

Juliane Déry.

Die selige Insel.

Dramatisches Idyll.

Verlag von
Schuster & Loeffler

Berlin 1897.
SW. 46

Herr Walter von der Vogelweid,
Der viel erlitt, verschmerzt, verzieh,
Wie mußte er so gut Bescheid,
Als ob er uns ins Herze sah:
„Wem nie von Liebe Leid geschah,
geschah von Lieb' auch Liebe nie."

Über Dünenhügel hunderte und hunderte hin- und
herschwebender Möven. Der Himmel ist umzogen, das
Meer vom Wind bewegt. Ein Boot nähert sich dem
Strand mit gerafftem Segel. Airy sitzt am Steuer.
Ihr Begleiter steht im Boote aufrecht, ein Leutnant zur
See mit Namen Jost. Sie legen an und betreten
das Ufer. Ihre Mäntel fliegen, Nebel steigen auf.

————

Airy.

Wo sind wir?

Jost.

Die Himmlischen frage.

Du treibst mich ja in Wind und Wetter
und folgest mir?

Bei dem Gezeter und Geschmetter
was willst du hier?

Ins Elend stößt du mich hinaus
und giebst mir das Geleite
und weichst im drohendsten Gebraus
mir nimmer von der Seite?
Wie deine Hand in meiner bebt!
Zu hohen Dünen sich der Strand erhebt,
es wirbelt der Sand und wallt
im Windeshauch —
Hu, wie kalt!
Schauerts dich auch?

Airy.
Der Regen sprüht mir ins Gesicht
in Strömen!

Jost.
Horch, das Gepolter droben!
Wie hin= und hergeschoben
erscheinen die dichten
beweglichen Schichten.

Ist das ein Treiben
Aneinanderreiben,
mit sausenden Winden
im Kommen und Schwinden,
ein Huschen, Erbeben,
ein heimlich Leben,
in allen Himmelsteilen
ein Rüsten und Eilen —
Ich höre die Wolken!

Airy.
Ist kein Strauch,
kein einziger Baum
ach, weit und breit
nicht eines Menschen Spur?

Jost.
Teufel auch,
man sieht ja kaum
drei Schritte weit

auf dunkler Nebelflur.
Wie hinter einer Schleierwand
umkreisen
die Sturmesboten mit leisen
Fittigen den Strand.
O unheimliche Vögel Ihr,
was bringt Ihr mir
für neue Qual?
Ei, gilt's ein Galgenhochzeitsmahl,
sind wir geladen als Gäste
zum Feste?
Ihr kommt gejagt, mit dem Gewitter,
herbeigeeilt als Leichenbitter?
Ein Räuber hat mein Glück erschlagen
und heute wird's zu Grab getragen?

Airy.

Was kamst du nicht ach, gar so lang?
Ich flehte bang:

O komm heran,
du teurer Mann!
und bat so sehr:
Ach eile und weile
mir nimmermehr
so fern!

Jost.

Ich liebte dich wie einen Stern
und habe dich als Leuchte nur,
als Demant
gekannt
auf himmlischer Flur.
Mein Glücksstern, mein Lebensstern!
Wie strahltest du mir aus der Fern'!
Auf weitem Ocean
ich blickte himmelan
und wollte dich nur prangen sehn

auf lichten Höh'n —
Ich liebte dich wie einen Stern.
Am Meere draußen weilt' ich zu lang,
da ward dir so bang
alleine.
Sturmvögel! Sturmvögel!
Im Mondenscheine
sie gingen zu zweit —
Sturmvögel, Sturmvögel,
ei wißt Ihr wohl,
was da
geschah?

Airy.
Du warst so weit,
viel hundert, hundert Meilen!
Ich konnt' dich kaum
ereilen
im Traum.

Jost.

Kehre ich im treuen Glauben
nicht zurück zu dir?
Poch' ich zwischen wilden Trauben
nicht an deiner Thür:
Liebste laß mich ein!
dort am alten Ort?
Doch wo ist das Bräutelein?
fort ist sie, fort!

Ein Blitz, dann ferner Donner.

Airy.

Ein Feuerstrahl
wie Messerstich!
O welche Qual
verzehret mich!

Jost.

Laß es blitzen,
laß es rollen,
aus den Ritzen
tanzen und tollen
sollen die Funken,
daß die arme, wehe
Seele trunken
jauchze und vergehe
mit Donnern und Gedröhn!
Willst ja nichts mehr von mir wissen,
hast dich von mir losgerissen —
wie ist der Sturm so schön!
Wie kleine Hexen schnellen
empor die spitz'gen Wellen
auf bergeshoher See.
Mit Singen und mit Klingen
sie hüpfen und sie springen

und langen nach der Höh.
Hinan! hinan!
und zerren dran
und reißen gar munter
die Fetzen herunter.

Airy.

Was haucht mich an wie ein Gespenst,
als wollt' es mich verschlingen?

Jost.

Der Wind! der Wind!
Der keine Ruh' nicht findt!
Gleich wilden Hengsten sprengt er hin.
Fort! Dort!
Heijjahujjo!
Er fliegt nur so!
Hujjujjuhei!

Mit Wutgeschrei
sauſt er vorbei,
ei, ſieh nur wie ſchnell!
Juchuhujju!
Nur zu, nur zu,
vernarrter Geſell!
Klagſt du in Sehnſucht?
Jagſt du in Haß?
Weineſt und greineſt ach,
deiner Geliebten nach?
Jagſt ohn' Ermüden,
ſuchſt ſie im Süden,
ſuchſt ſie im Norden?
Iſt ſie dir denn treulos geworden?
Ei, wie that ſie das?

Airy.

Wen ſucht der Wind?

Jost.

Der arme Wicht!
Er sucht seine Braut
und findet sie nicht!

Airy.

Komm her!

Jost.

Beim ew'gen Gott, du fliegst mir noch davon!

Airy.

O eile dich! die hohle Wand
verleiht uns Schutz mit ihrem Dach.

Jost.

Ich kau're mich auf diesen Stein
zu Füßen hier der sand'gen Mauer,

2*

indes die Herrscher treiben Spuk.
Die Stimmen sich mehren,
o höre, höre
die Donnerchöre,
die Wolkensphären —
Sturm, sing uns ein Lied!

Airy.

O wie sie wettern!
Sie wollen mich zerschmettern!

Jost.

Was solls, mein Kind?

Airy.

Der Wind, der Wind!
Er heult und pfeift,
nach mir er greift!

Jost.

Wo scharfe Stürme gehn,
da will ich stille stehn.
Wenn laut die Winde stöhnen,
verstummt und schweigt mein Sehnen.
Wenns in den Lüften rauscht,
erbebt mein Herz und lauscht.
Im Wettergejohl
ist mir erst wohl!
Wenn ich die Blitze seh',
vergeß' ich mein Weh.

Airy.

Er ruft mir immerzu!

Jost.

Bleib nur in deinem Verstecke du!
singt.

Ich sah eine Sternschnuppe
in heißer Sommernacht,
war das ein gefall'ner Stern?

Airy.

Himmel, hilf!

Jost.

Packt er dich?
Jagt er dich?
Welch ein Jammerlaut!
Mir graut!

Airy.

Ein Klageton
wie Teufelshohn,
ein tiefster Schmerzensschrei,
es reißt mein Herz entzwei!

Jost

den Wind nachahmend.

Jucheijja!

Bist du da?

Bist du hier?

Gott helfe dir!

Hujjujjuhei!

Gott steh dir bei!

Mein Täubelein,

ich hol' dich ein!

Airy.

Jost!

Jost

umfängt sie, scheinbar mit dem Winde kämpfend.

Fort, fort, Gesell!

Ei wirst du schnell!

Was fällt dir ein?

Dies Kind ist mein!

Du Luftgebilde!
Du wilde,
verzweifelte Kraft,
die nichts als nur Zerstörung schafft!
Du Wüstenvogel mit Fittichen aus Sand!
Du Riesenatem!

Du Staubungetüm,
das — o Schrecken! —
sich untersteht,
die Hand frech auszustrecken
nach meinem Schätzelein!

Siehst du denn nicht,
wie sie vergeht
vor meinem Angesicht?
Sie ist mein! o sie ist mein!

Airy.

O Ihr Unerbittlichen!

Jost.

Erblich
dein Leib zu Marmelstein
und wich
dahin dein strahlendes Sein?
Du bist ja starr!
Weißt nimmer, was war?
Wo sind denn deine Wänglein rot?
Ist dein Gefühl verdorben,
gestorben,
bist du denn tot?

Airy.

Wie glühendes Eisen michs brennt!
O niemand kennt
die Qual, die schier
versengt mir die Brust!

Jost.

Doch nicht nach mir,
mir nimmer zur Lust —
gesteh! gesteh!

Airy.

O mehr als je!
Mit neuerstandener Treue,
mit nieersterbender Reue,
mit tausendfachem Weh'!

Jost.

Werd' meine Frau
durch Priesterhand!

Airy.

Mich bringt die Schand'
und Schmach noch um!

Jost.

Warum? warum?

Airy.

Weil ich nicht kann!
Was frommt dir, schau,
so trauernd blaß
mein tiefgebeugter Leib?
Ihn durft' ein anderer halten
als Beute ihm zu eigen —
Du ärmster Mann!

Jost.

Wer that mir das!

Airy.

Ich bin ein sündhaft Weib!

Jost.

Euch, ſtürmende Gewalten,
ich rufe an als Zeugen!
Sie ſtehen unter zuckenden Blitzen.

Airy.

Er war gar ſchlecht,
ich hatt' ihn ſo lieb,
es war ja nicht recht,
mein Herz mich trieb —

So ward ich ſein.

Wars der Wind,
der um mich ſtrich,
mich küßte lind
und inniglich?

War's die Sonne,
die mich brannte?
ſo heiße Wonne
ich niemals kannte —

So ward ich sein.

An seine Brust ich sank,
als ob ein Gott mich stieß,
an seiner Brust ertrank
ich wie im Meere süß.

So tiefstes Gluten
machte mein Leben
kund, seine Fluten
alle erbeben,

daß nie und nimmer
sie kommen zur Ruh'
und tosen, brausen
ach, immerzu!

Im Sturmgesang
erscholl mein Sehnen
wie Wetterklang
und Glockendröhnen.

O Wolkengetümmel!
o Wogengerölle!
o höllischer Himmel,
o himmlische Hölle! —

So ward ich sein!

Ein Blitz schlägt ins Meer.

Der Blitzstrahl hat ins Meer geschlagen!

Jost.

Und mir ins innerste Mark hinein!

Airy.

O Allerbarmer!

Jost.

Ja, zitt're nur, ja, bebe nur!
Denn stürmisch wie das Meer,
das jammernd wallt,
und wild wie der Sturm,

der wiederhallt,
ist auch mein Herz!

Airy.

Du willst mich morden!

Jost.

Ei, Schönste der Gestirne,
bist du denn eine Dirne?
Fort mit dir, fort!
Such' dir einen andern Ort!
Die Welt ist viel zu schön für dich!

Airy.

Der Herr im Himmel erbarme sich!
O Jesus, mein Heiland,
und bei den Heil'gen allen,
auf fernem Eiland
soll ich nun fallen
von liebender Hand!

Joft.

Ungehört
hallt dein Hilfeschrei'n!
Niemand weit und breit.

Ungeftört
kannft nun gehen ein
in die Ewigkeit.

Möven werden traurige
Klagetöne
fingen. O welch schaurige,
o welch schöne,
Leichenfeier!
Hörst du, wie fie kreischen!

Airy.

Blut'ge Geier
werden mich zerfleischen!

Joft.

Beug' dein Haupt und halte stille,
wahrlich es ist Gottes Wille!

Airy.

Das kann Gott nicht wollen,
er verzeiht die Sünde
seinem unglücklichen,
reuevollen Kinde.
O Guter, Bester, Teurer du!
Mein Einzigster, o hör' mir zu!
Du mußt meiner schonen
und Gott wird dir's lohnen!
Ach lieber, süßer, geliebtester Mann!
O nirgends Hilfe, kein Erbarmen
für die arme Frevlerin!

Neues Gedonner.

Jost.

Nimm das als meine Antwort hin!
Hinaufrufend.

Brüllst du wie ein wundes Tier?
Sag', geschah dir auch wie mir?
Treibst dein Heer an zum Gefecht,
das erhitzte Wolkengeschlecht,
daß zu Ehren Gottes halten
ein Tournier sie, die Gewalten
dort des Feuers
und der Finsternis?

Schwarze Teufel den Herren loben,
die leibhaft'ge Höll' da droben!
Hätte ich doch solche
Messer, solche Dolche,
besser zielte ich,
lenkte sicherlich

ihren Feuerflug
hin, wo Lug und Trug
haufen, die Schuld!
Ja, in deine Bruft,
Traum meiner Luft,
um zu laben
mein heißes Sehnen!

Airy.

Du mußt Geduld
mit Stürmen haben
wie mit denen,
die wohl dich lieben, aber fehlen,
die armen heißen Sturmesseelen.
In ihnen wohnt
die Zauberin Minne,
in ihnen thront
der Herr der Sinne,
der Herr des Schmerzes, der gewaltigfte Geift!

3*

Jost,
voll Wut und Hohn.

Dein flennen mir das Ohr zerreißt!
Ei bist du so?
Doch hast du recht!
Sei froh, sei froh!
Du bist nicht schlecht,
nein herzensgut
und thust du denn nicht Allen,
was man nur thut,
um Allen zu gefallen?
Du bist gar schlicht!
Was ist dir Treue,
was ist dir Pflicht?
Ei laß die Reue!
Du bist ja nur weich,
doch nicht gemein,
nein, hilfereich
und engelrein.

Wie bist du nicht?
Was bist du denn?
Wenn ich nur wüßt',
wie ich dich nenn'!
O rührend Kind,
das liebt und lebt,
in Freud' und Sünd'
gen Himmel strebt!
Das ist ein Nehmen, Geben,
ohn' Rast und Ruh!
Das unbewußte Leben,
ja das bist du!
Ich fange gar zu glauben an,
du weißt gar nicht, was du gethan,
wie du vergangen dich so schwer:
Was nimmermehr
ach, wiederkehrt,
du hast's verzehrt
mit diebischer Lust

an fremder Bruft
getheilt — o Pein! —
was mein und dein,
das heil'ge Gut
der Liebesglut,
die Seligkeit
der Höll' geweiht!

Airy.

Ich schwörs zu deinen Füßen
ich will mein Fehlen büßen,
mein ganzes Erdenfein
nur einzig der Buße weihn,
in schlechte Lumpen mich hüllen
und meinen Hunger nie stillen,
ertragen Kerkernot
bei Waffer und bei Brot
und Froft und Kälte
und Schläge und Schelte,

ja, ohne zu klagen,
mein Lebtag mich plagen
und alles, alles thun,
nur nicht im Grabe ruhn!

Jost.

Wie meine Geduld du auf die Folter spannst!

Airy.

Würgende Pein!
Muß es denn sein?
Soll ich schon scheiden
und den häßlichen, gräßlichen Tod erleiden,
dann, mein Freund, verachte nit
meine letzte, kleine Bitt'.

Jost.

Machs kurz!

Airy.

Es wär' so schön,
ein Freudensturz
aus Himmelshöhn.
Nur noch ein einzigmal
vor langer, langer Grabesqual
und vor der tiefen ewigen Stille
das Glück in seiner ganzen Fülle
zu atmen und im hellen Sonnenschein
des Daseins froh zu sein!

Jost.

Daß ich nicht lache!
Verlangst du nichts weiter?
Geh, Donnergott, so mache
geschwind ihr ein heiter
Plaisirchen, holla, schlage ein
und steck' den Strand in Brand!

Sie will ein bischen fröhlich sein!
Ja, zünde an das ganze Land,
das Meer
an allen seinen Ecken,
verheer'
die Welt mit deinen Schrecken!
Zerschellen soll
das Schiff, das dort in einem weißen Kranz
von Wellen toll
sich dreht im Totentanz!

Airy

entflieht auf die Spitze einer Düne und ruft

Hoch vom Dünengipfel wie von einem Turme
seh' ich zu dem Himmelstoben
und unter mir dem Menschensturme
und lache!
Narr!

Du jagst mich aus der Welt,
die mir so wohlgefällt?
Ich gehe nicht, beileibe,
ich weiche nicht, ich bleibe
und will nicht sterben!

Jost.

Hört, Donnerkeile,
ihr Blitzespfeile,
sie will nicht!

Airy.

Nein!
das Leben lieber tausendmal
erleiden als ein einzigmal den Tod.
Ach, wenn mans könnte!

Jost.

Hexe! Dämon! Höhnst mir ins Gesicht!

Airy.

Die Kräfte können nicht!
Verdammt sie sind zu jagen über diese Erde
gleich trotzig wilden Flammen hin,
verzehrend mit der gleichen Gier
so Freud' als Leid.
Das rennt und brennt
bis an sein End',
du hältst den Feuerlauf
nicht auf!

Jost.

Unheilig Mädchen, komm herab,
ich weise dir den Weg zum Grab,
komm, daß ich dich im Meer ertränke
und dir den ew'gen Frieden schenke
dort in den schreienden Fluten!

Airy

Die fluten werden bald verstummen,
warum nicht deine flüche auch,
die tausend Stimmen deiner Wut?
Haft mich so grausam lieb?
Vergieb! vergieb! vergieb
und du wirst sehn, wie wohl das thut!
Horch, der Orkan geht auch zur Ruh,
ei sieh nur zu,
es giebt schön Wetter noch heute!
Und nach und nach
wird auch die freude wach,
die arme freude!

Jost.

Es giebt kein Entrinnen!
Nun mußt du von hinnen!
O wärst du schon fort!

Airy.

Es fliehn die Nebelfetzen dort
zerschliff'nen Linnenbändern gleich,
nur zu, ihr Winde, streut geschwind
den Rauch in alle Weiten hin,
entwirrt das Wirrnisnetz
um uns, den sturmdurchtränkten Dunst
zerreißt, das kalte Trauertuch!
Fort, nasse Nacht am lichten Tag
du Lügennacht mit deinen Schauern!

Jost.

Es ist mein Richteramt
und ich vollzieh es gut!

Airy.

Ach, sollen diese Augen aus Samt
für immer sich schließen?

Und diese Lippen wie Blut
sich nie mehr ergießen
in deine Lippen
und nie mehr nippen,
die träumenden Zecher
am schäumenden Becher
berückendsten Lebens?

Jost.

Du wirst ja sehn,
es stirbt sich schön
an weltverlorner Stelle.
Wie leuchten hell die Dünenwälle
aus blauer Luft hervor!
Voll lichter Grabeshügel liegt
der Strand,
der zarte Sand
im Winde fliegt
wie Flor.

Airy.

Nixlein in den Wellen,
Geist der frischen Quellen,
Nymphen im Schilfe,
kommt mir zu Hilfe,
daß ich ihn bethöre
daß er doch erhöre
mein herzinnigstes Flehn!

Jost.

Was willst du?

Airy.

Die Sonne sehn!
Ein letztesmal!
Nur einen einz'gen Sonnenstrahl!

Bitte, bitte inniglich!
Herzlich, schmerzlich flehe ich
noch um ein bischen Sonnenschein,
um einen Strahl ganz winzig klein.
Ich flehe dich an!
Den nehme ich dann
hinab
ins Grab.

Jost.

Dann Sonne, scheine!
Ihr ist so kalt!
Wo bleibt dein Licht,
das nur alleine
hat Allgewalt
und wärmt?
Du glühst ja nicht,
o Not!

Ach, komm geschwind,
das arme Kind
sich härmt
und möcht' dich schnell noch sehn vor ihrem Tod!

Airy.
Im Wolkenland
sie brennt,
die schwarze Wand
uns trennt
vom Angesicht der Strahlerin.

Jost.
So wahr ich elend bin,
ich zerrte sie herbei zur Stell'
bei ihren roten Haaren!

Airy.
Der Ungeduld! Er kann
es nicht erwarten

und leidet Höllenqual,
der arme Mann!
Giebts denn in diesem Meeresgarten
auch keinen einz'gen Sonnenstrahl?
Doch fein geschliffen muß er sein,
ein tötlich Ding,
gar spitz und flink,
daß er mirs bohr' ins Herz hinein!

Jost.

Schnell und schneller naht die Helle,
hell und heller wird die Welle,
die Höhe heiter,
die Weite weiter —
Geduld, bald wirst du selig sein!

Airy.

Was war denn das?

Joſt.

Ein Hai, was ſonſt?

Airy.

Dich kann ein Menſchenkind,
Du, garſtiger Waſſerherr,
wohl ungeſtraft erblicken!

Joſt.

Du lachſt
mit keckem Mut?
Doch lache nur, lache!
Mein Kind, du machſt
deine Sache
nicht gut.
Beim erſten Sonnenſtrahl —

4*

Airy.

Du sollst nicht schwören bei deiner Seel',
das soll man nie!
Gar manchen Fehl
das Herz verzieh —
Doch laß den Thränen ihren Lauf,
in Schmerzen wird das Glück geboren — —
Silberweiß schimmert
her der Meeresspiegel,
rosenrot flimmert
über Dünenhügel,
über der Wasserwüste
wie Silbersaum,
wie leuchtende Saite
jählings aufblitzend Küste,
füllend, glühendem Duft
gleich, den Kuppelraum

bis ins endlose Weite,
die entzündete Luft.
Gieb acht, da liegen Eier!
Und Junge! Lieber Gott,
die kleine nackte Mövenbrut!

Jost.

Große Angst erfaßt die Alten,
alle Wetter, welch Geschrei!

Airy.

Wir thun nichts den Zagen,
sie sind gefeit,
ihr braucht nicht zu klagen,
o freut euch, freut
in Gottesnäh'
ihr kleinen Vogelengelein
so weiß wie Schnee

mit strahlend hellen Flügelein
im Blauen weiß,
und weiß wie Gold,
ein Weiß so heiß
wie Rosen hold,
ja rosenweiß
und weißlich grün
wie Schneegegleiß
und Alpenglühn.
Hörst du sie all? Siehst du sie all
sich tummeln überm Wogenschwall?
Wie wenn ein Baldachin sich regt,
sich leise hin und herbewegt
so geisterhaft, dem Himmel gleich,
der über dieses irdsche Reich
herniederschwebt
und still erbebt,
sich senkt und hebt —
es lebt! es lebt!

Jost.

Was ist das für ein Zauberland?

Airy.

Und dieser Flug! Das ist ein Tanz!
Ein Flattern, Huschen und ein Drehn,
ein leises Mitdenfllügelnwehn
auf und nieder,
hin und her
wie zarter Glieder
Lustbegehr,
ein Wiegen
im Fliegen,
ein Gleiten
zur Seiten,
ein Sinken
wie ein Ertrinken

in Wonnen,
ein Steigen
in Reigen
auf zu der Sonnen.

Jost.

Nach Rottum bracht' uns das Geschick.

Airy.

Die kleine Insel, die wir drüben
vom Leuchtturm aus gesehn
am Horizont als Schattenriß?

Jost.

Fürwahr! warst je in Holland du?
Es nennt das stolze Nachbarland
Dies abgeschiedne Fleckchen sein.

Airy.

Nach Holland mich zu bringen, nein!

Jost.

O Vorsehung! dort steht ein Haus,
es wohnen Menschen hier, man hört
ja Hunde bellen.

verschwindet in der Richtung, wo das Haus steht.

Köter, schweig!
Wirst kuschen dich! Verfluchter Hund!

Airy

folgt ihm.

Du thust mir nichts, gelt nein, Cito?
Ich wette, daß er Cito heißt
Nur still, Cito! Ei, so ists brav!
Wo ist dein Herr? Ist er daheim?

Jost.

Vergebens späh' ich, alles leer.

Airy.

Wo sind denn nur die Leute hin?

Jost.

Zur Küste wohl gefahren.

Airy.

Wie ist es drin?
guckt hinein.
Verlassen, warm und traut,
ein Nest, das sich ein Menschenpaar gebaut.
Tisch und Stühle nicht mehr neu,
auch ist Fliegenschmutz dabei.
In die Speisekammer guckt' ich auch,

aus dem Schornstein steigt ja Rauch!
Brennt das Feuer schon am Heerde?
O beneidenswerte

Leute, die Ihr wohnt in solchem Raum!
Ists nicht wie ein Liebestraum?
Ach so lauschig, ach so eng
wie ein Gotteshochzeitsgeschenk!

Jost.

Bist du denn unverwüstlich?
Hast du denn tausend Leben?
Und will man dir eins nehmen,
dann fließen dir aus Erd' und Luft
gleich dem berauschenden Duft
der götterkräft'gen Reben
in Strömen
noch heißre zu —
Wer bist denn du?

Airy.

Ein Seehund! dort!
ein Seehund, nein, wahrhaftig!

Jost.

Ei, die Freude, schau!
Doch siehst du das Stückchen Himmel dort,
so gleißend wie der Mond, der glitzert?

Airy.

Vergiß, vergiß!
Was Liebe verbrach,
die Liebe wills verhüllen,
ja meine Schmach
vergiß um deiner Freude willen!
Was rauschen die Wellen?

Jost.

Nie! nie!

Airy.

Ja, thus doch! sagen sie
und: Er thut es auch! die Winde
das himmlische Gesinde.

O hör' ihr flehn
nach Lust und Wehn,
ihr heimlich Brausen still gedämpft,
wie wenn die Lieb' mit Liebe kämpft,
als spräche zum Glück
ein flehender Blick:
Zu mir dich neige,
doch schweig', ach schweige,
verhall' im Raum! . . .
Ihr Hauch wie Labsal nährt,
die Erde lacht dich an verklärt,
ach, siehst du denn nicht
ihr strahlendes Gesicht?

Jost.
Bald ist sie von dir befreit!

Airy.

Thust du ihr an das Herzeleid?
O Mutter, man will dein Kind dir rauben!

Jost.
Wie kannst du nur glauben,
daß sie dich liebt, dich Teufelin?

Airy.

Das Meer kann nicht weiterfließen,
der Himmel, der trübe, hemmt seine Bahn,
das Wasser stößt an die Wolken an.
Der Ew'ge weiß,
was du mir bist,
wie lebensheiß
mein Fühlen ist!

Jost.

Nichts als Lüge, Gaukelei!

Airy.

Dann lügt der Mond in stiller Nacht,
die Sonne, die bei Tage lacht,
die Sterne lügen am Himmel blau,
die Lenzeslüfte lind und lau,
dann lügt der wunderschöne Mai,
die Nachtigallenmelodei,
die Morgenröte, die so schnell verglüht,
der rote Herbst, der wie ein Traum entflieht,
der Sommer und der blaue duft'ge Flieder.
Sie alle gehn und alle kehren wieder!

Jost.

Komm mir nicht nah!
Durchnäßt ist mein Gewand!

Airy.

Du gute frische Brise,
o trock'ne ihm sein Kleid,
mit weichen Flügelwehen
o wehe hin sein Leid,
verwehe, was geschehen
und mach sein Hoffen stark,
o salz'ge Brise komm
und hauche ihm ins Mark
den neuen Freudenstrom!
Dein Atem ist gelinde,
mit deinem Göttermund
o küsse mir geschwinde
den kranken Freund gesund!
Ja, hilf dem teuren Mann,
du junger Frühlingsgeist,
daß er mich lieben kann,
mich seine Liebste heißt.

Mit deinem Zauberhauch
o atme ihm aufs neue
Vertrauen, Ruh' und auch
den Glauben an die Treue,
Erquickung ihm in Fülle
ins heiße Herz hinein,
umfange ihn und hülle
in helle Liebe ein!

Jost.

Geh, teuflische Braut!
Aus deinen Augen schaut
der Dämon alles Glücks
und packt mich hinterrücks.
Ich heische Ruh'!
Bald weinest du,
bald lachst du mir,
ach für und für
in sinnberückender Ekstase.

Laß mich! Über dem Dünengrase
siehst du den zitternden Schimmer
dort, das goldene Geflimmer?
O tausendfache Qual!

Airy.

Ach, nun erlischt mein Lebenslicht!
O Erde, vergiß mich nicht!
O Mutter, gedenke mein!
Nun krieg' ich Flügelein
und muß entfliehn —
Wohin? wohin?

Jost
verzweiflungsvoll.

Ich kann dich nicht töten,
ich muß mit dir leben,
ich muß mit dir weinen,
die Brust nur zerschlagen

und jammern und klagen:
der Schuldige bin ich!
Ich Säumiger ohn' Arg,
Gedankenloser, Arger,
der Schuldige allein!

Airy.

Er hängt
an mir, in stolzem Minnen
ist er an mich gekettet,
ihn drängt
sein Herz voll Sehnsuchtsgier
mit allen Sinnen
nach mir, nach mir —
er ist gerettet!

Jost.

Zu Kreuze kriechen will ich, Armer,
zum Leidenskreuz und auf mich laden

5*

das Kreuz der Liebe, das so schwer
ach, drückt, daß ich zusammenbreche —

Airy.
Das ist das Leben:
In Qual ergeben,
wir müssen es dulden
und tausendfach leben,
trotz Wunden und Weh —
wir müssen, wir müssen!

Jost.
Sag', Liebste mein,
entschwinden
die Sünden,
wird man je rein?

Airy.
Nur die Reinen können weinen,
fühlen Freude selbst im Leide,

Wehmutswonne, lind und weich,
des Vergessens Himmelreich.

Joſt.

Leg' deine Hand auf die Stirne mir.
Sie brennt. Mich brennts auch hier.
Doch hab ich erkannt
das holdeſte Weib —
Weißt du wer du biſt?
Die liebe Hand!
Das labt und kühlt!
O bleibe nur, bleib!
Der Himmel iſt,
wo man ihn fühlt.
Du biſt die Freude,
dich darf keiner fragen,
von wannen du kommſt,
von welchem Geiſt getragen

und wer dich schon gesehn?
Man muß nur flehn:
O Traum, verweile!

Airy.

Ich hab' keine Eile,
o sei nur nicht bang!
Ich bleib' bei dir
mein Lebelang!
Geh mit mir,
komm, der Erde reife Früchte
lachend genießen, Kindern gleich,
schwelgen in den tiefsten Tiefen,
schwärmen auf den höchsten Höhn
mit des Falters Gaukelluft,
mit der Menschheit Wehmutsthräne
und mit Gottheitssehnsucht fließen
in den heil'gen Glutenstrom
der entzückten Kreatur!

Hör', wie sie schwirren,

das Herz verwirren,

sie rufen gar laut,

so fremd und vertraut,

erzählen und berichten

sich allerhand Geschichten

und wiehern wie Pferde,

verlachen die Erde,

in Lüften hoch

ists schöner noch,

und höhnen

in Tönen

in tiefen und hellen,

miauen und bellen

und schäkern

und meckern

aus froher Brust

und schreien

als seien

sie toll vor Lust!
Sag', betet so das sel'ge Tier?

Jost.

Und jubelt laut: Sie ist wie wir!
und jauchzet stolz:
Wie Götter sind
aus jenem Holz
ist auch gemacht
das Elfenkind
voll Lust und Pracht!
Drum nimm sie hin
mit süßen Minnen
die Königin
der Königinnen!

Airy.
O Gott, wie kann man nur so lieben!.

Joſt.

Du ſiehſt, ich kanns. Welch jauchzend Glühn!
Der Strand erglänzt, die Welle blitzt
ſo goldig glitzernd wie der Fiſche
vielfarbig ſchönes Schuppenkleid.
Nun fängt das Meer an ſich zu regen,
iſt das ein Glanz und ein Bewegen!
Mein Liebchen, bei Gott, nun iſt gar das Meer
ein lebendiges, leuchtendes Wellenheer!

Airy

triumphirend.

So töte mich! Was töteſt du mich nicht?

Joſt.

Wie Morgenrotserröten
beſeeligt ach und liebesjung
erſtrahlt dein Nixenangeſicht.

Airy.

Vor brennender Bewunderung!
In Strömen fließt und fließt das Licht!
Hat denn die Sonne ausgegossen
den glutgefüllten Strahlenborn
und ist ihr Feuerball zerflossen?
Die Funken fliegen grell herum!
Durch Wolken rieseln sie herab!
Es tanzen vor dem trunknen Aug
entbrannte Ütherflämmchen hell!
Welch ein Gegleiße von Milliarden
Kryftallen demantklar!
Welch ein Geglitzer, ein Brillieren
ein flammenartig Zittern leis
von Glühwürmchen und Sternelein
entzückend schöner Farbenfünkchen;
so blitzartig behende,
ein Flimmern ohn' Ende

hinab, hinauf
in dichtem Hauf,
bald hin und bald her
vom Himmel zum Meer,
vom Meer zum Himmel,
welch ein Gewimmel,
ein Rauschen und Rollen,
ein Ringen und Wollen,
ein glühend Streben
von tausend Leben,
ein Tumult von Licht!
Wo scheint die Sonne?
Ich seh' sie nicht!
Die Sonnengeister spielen nur
berückend heilige Phantasei'n.
Welch ein Strahlen, Jauchzen, Singen!
Horch, Funken tönen, Flammen klingen!
O Liebesallmacht,
Strahlengottheit,

vernichte die Nacht
der Traurigkeit!
Erlösung, ach, ersehnt die Brust,
gieb helle Lust,
ja, gieb uns — fort mit allem Schmerz! —
ein neues Herz!

Jost.

Du sollst es haben,
Sonnenmaid,
und dich dran laben
auf grüner Haid'
gleich Blume und Cybelle!
Die Rosen müssen glühn,
der Himmel prangt so helle,
da mußtest du erblühn.
Verhallt ist deine Beichte,
mein wildes Röselein,
o atme, dufte, leuchte,

du follft mein Leben fein
und herzen mich und fofen
fo ftrahlend und fo füß
und felig wie die Rofen
im Rofenparadies.

Airy,
der die rote Mütze vom Kopfe fliegt.

O weh der Wind! Ach meine Haare!

Joſt
läuft der Mütze nach und hebt fie auf.
Laß flattern die Mähne!
Entzückend Spiel der fel'gen Winde!

Airy.
Die Mütze gieb!

Jost.

Nein, sie ist mein,
o Liebchen süß,
wir sind allein
im Paradies.
Allein, allein
am fernen Strand,
die Einzigen
im ganzen Land.
Mein Sonnenschein
am Himmelszelt,
wir sind allein
auf dieser Welt.

Eine Möve flattert nieder.

Airy

will sich ihr auf den Zehen nahen.

Still, o still!
Denn weißt, ich will
sie fangen und küssen —

Joſt.

Sie ſoll auch wiſſen,
wie gut es iſt,
wenn man ſich küßt.

Airy.

Ich ſchenke ihr die Freiheit dann,
daß ſie ſich wieder ſchwingen kann
zum Himmelsbogen.
Die Möve flattert auf.
Huſch, weggeflogen!
Ei, Gott mit dir!

Joſt.

Du dummes Tier!
Zu fliehn davon
vor ſolchem Lohn!
Ja, flatt're durch die würz'ge Luft,

so glühend frisch, so feurig rein,
wie wenn sich tausend Liebchen kosten.
Ein Götterwein! Laß trinken uns!

Sie umarmen sich.

Airy.

Wie hoher Klee im Morgenwind
die Wasser plötzlich wallen grün
und Well' auf Welle strömt und rinnt,
o welch ein Spritzen, Schäumen, Sprühn!
Es züngeln brennend immer mehr
mit lautem Gischen und Getos
die Wasserflammen lichterloh —
O kalte Glut,
wer mag dein nasses Feuer dämmen?

Jost.

Die Flut! die Flut!
Von allen Seiten strömt sie her

in Eil', in Eile atemlos!
Was wollt von uns so hoffnungsfroh,
ihr Wogen mit den weißen Kämmen?

Airy.

Wie Schwäne — ah!

Jost.

Wohin? Ins Meer?

Airy.

Fast hätt' ich mich hineingestürzt vor Wonne!

Jost.

Meine Arme sind der Ort,
wo deine Wonnen harren!

In mir ist ein Erwachen,
ich hör' dein goldnes Lachen,
in deiner Kehle
lacht eine Seele.
Wie deine Augen
aus Leib' und Seel mir saugen
unerschöpfte Begeisterung,
daß frisch und jung,
froh wie ein Kind
den Weg ich find'
zum Glück.
Laß deinen Blick
mich wieder trinken! Er stärkt und reift,
daß jauchzend voll das Herz begreift
wie teuer du ihm bist!
Wir beide sind ja noch so jung,
ich küß' die Schatten der Erinnerung
dir aus dem sehnsuchtsvollen Leibe
mit Wonneglut

für allemal,
ich küß' dich gut,
daß all die Qual
zu Ende sei.
Denn sternenhehr
ist meine Treu
und mein Begehr
so weltenewig,
so sehnsuchtseilig,
ich küß' dich selig,
ich küß' dich heilig,
ich küsse dich zu meinem Weibe!

Umarmung.

Airy.

Stürmischer als der Sturm
bist du im Leide,
himmlischer als der Himmel
nun in der Freude.

6*

Wie den Sturm die Windsbraut
und die Seele den Himmel,
so lieb' ich dich nun allezeit
in freud' und Leid.

Sie löst sich langsam aus seinen Armen.

O Entzücken:
des Strandvolks süßes Maienglöckchen,
die zarte Pirola blüht auch hier!

Sie pflücken.

Jost.

Der Himmel im Himmel
kann schöner nicht sein!
Was wird daraus? Ein Kranz?
O flicht
auch Seemannstreu hinein,
Sie gleicht der Distelblume.

Er pflückt und reicht ihr ein Seemannstreu.

Laß dich krönen
mit dem duftigsten der Diademe!
setzt ihr den Kranz auf.

Stammst du von schneeigen Vögeln hoch in der
Luft?

Fließt in deinen Adern Sonnenduft?
Ist das braune schnelle Reh' dir Muhme
tief im Walde?

War nicht deine Mutter eine Blume
auf der Halde,
wohl die schönste Anemone?

Trug dein Vater eine Krone?
Bist du ein Wolkensproß?
Ist Aurora dir Genoß?

Liegt deine Heimat beim ew'gen Schnee,
wo sich Firnen und Gletscher ballen?

Oder unten in der See
bei Fischen und Korallen?

Kommst du vom Feuer? Kommst du vom
Wind?
Uberreiches Menschenkind!

Airy

Der Mantel ist ihr zu Boden geglitten, sie steht in
weißem Gewande da.

Woher ich komme, ich kanns dir nicht sagen,
wohin ich möchte, das will ich dir klagen:
dahin, dahin,
wohin die Wolken jauchzend zieh'n.
Laß uns ihren Siegeszug
verfolgen trunk'nen Augs!

Sie betrachten die Wolkenbilder.

Jost

Bei Gott, ein Krokodil!

Airy.

Ein silberner Aar,
er saust durch die Luft!

Joſt.

Ein Türke. Wie ſein Turban glänzt!

Airy.

Was iſt denn das?

Joſt.

Vielleicht ein Tier.

Airy.

Ein ſolches giebts auf Erden nicht.

Joſt.

Doch anderswo, gewiß ſogar.
Ich ſah's im Traum wohl auf dem Mars.

Airy.

Und hier, ich bitte dich!

Jost.

Mutter und Kind.

Ein Heiligenschein
sie hüllet ein.

O süße Augenweide!
Mit inniglicher Freude
sich Beide herzen,
dahin sind Schmerzen
und alle Nöten —
man möchte beten.

Die Sonne bricht hervor, sie steht tief über dem Meere.
Die Sonne!

Airy.

Die Siegerin, hei, bricht hervor
mit ihrem Gottheitsstrahlenchor!
Sie singt,
es klingt:
Ich wache!

Mein Wolkenkleid zerreiße ich,
zerreiß' dein Leid
und bring' dir Ruh,
o heiße mich
willkommen du
und lache!

Jost.

Du kommst zu verkünden
o strahlender Geist:
es giebt keine Sünden
im Herzensgetriebe,
es giebt nur Gefühle
und alles ist Liebe.
Mich reißt das Leben neu an sich
und hebt mit lachendem Umarmen
und trägt auf goldnen Flügeln mich —

Airy.
Hörst du nicht Stimmen?

Joſt.

Und ob ich ſie höre!
Die Geiſter des Meeres,
die Geiſter der Lüfte,
ſie drängen voller Ungeſtüm:
Hochzeitsfackeln,
ſchlagt gen Himmel!

Beide.

Aus allen Ecken
uns lachend necken
die Luftgeſtalten,
da iſt kein Halten!
Nach uns verlangt,
nach uns, ach, langt
das Geiſtergelichter.
Und gar die Geſichter,
die wunſchverzehrten —

wir Vielbegehrten!
Doch wär' es blos Trug,
ein flimmernder Spuk
des Gauklers Licht?
Nein, nein, es ist wahr,
es mehrt sich die Schaar.
Sieh, Augen glimmen,
und Nixenstimmen
im wirren Chor
uns tönen ans Ohr
an allen Enden —
wohin uns wenden?

Airy.

Ach, vorerst heim!
Der Abend sinkt hernieder
mit heißem Flügelschlag.

Jost.

Doch weh, das Schiff!

Airy.

Was ists mit dem Schiff?

Jost.

Geborsten vom Sturme,
es stürzt in die Tiefe!

Airy.

O Weltallsmächte!
Nun gilts im Land der Schönheit zu verharren!
Das Schiff versinkt!

Jost.

Nein, es verbrennt.
Es stirbt den glühendsten der Tode.
O Wunder über Wunder!
In Flammen geht es auf, in Flammen prasselnd
unter!
Schiff und Sonne versinken, ein purpurner Himmel
breitet sich über die dunkelnde Erde.

Airy.

Geliebter!

Jost
stürzt vor sie hin.
Die Sonne wills!

Buchdruckerei Roitzsch vorm. Otto Noack & Co.

Dramatische Werke:

Otto Julius Bierbaum. Lobetanz. Ein Singspiel in 3 Aufzügen. Mit Citelvignette von Th. Th. Heine   M. 2.—
— **Die vernarrte Prinzeß.** Ein Fabelspiel in 3 Bildern. Mit Illustrationen von E. R. Weiß.   M. 3.—
Anna Croissant-Rust. Der standhafte Zinnsoldat. Drama in 3 Akten. Mit Citelzeichnung von Richard Scholz M. 1.50
Richard Dehmel. Der Mitmensch. Drama in 5 Akten. M. 3.—
Juliane Déry. Die Schand'. Volksstück in 6 Bildern.   M. 1.—
— **Die selige Insel** Dramatisches Idyll.   Mit Citelzeichnung von E. Normann.   M. 1.—
Gabriel Finne. Die Eule. Einzig autorisierte Übersetzung von Ernst Brausewetter.   M. 0.50
Detlev von Liliencron. Arbeit adelt. Genrebild in 2 Akten.   M. 1.—
— **Knut der Herr.** Drama in 5 Akten.   M. 1.—
— **Die Merowinger.** Trauerspiel in 5 Akten.   M. 1.—
— **Die Rantzow und die Pogwisch.** Schauspiel in 5 Akten.   M. 1.—
— **Der Trifels und Palermo.** Trauerspiel in 4 Akten.   M. 1.—
Ernst Rosmer. Wir drei. 5 Akte.   M. 1.50
   eleg. gebd. M. 2.50
Karl Rosner. Auferstehung. Schauspiel in 3 Aufzügen.   M. 1.50
Wilhelm Schäfer. Jakob und Esau. Drama in 5 Akten und einem Vorspiel. Mit Citelzeichnung.   M. 1.50
Julius Schaumberger. Die neue Ehe. Drama in 4 Akten.   M. 1.—
— **Ein pietätloser Mensch.** Drama in 1 Akt.   M. 0.50
— **Künstlerdramen.** Enthaltend: Die Freude. Drama in 3 Akten. Ein pietätloser Mensch. Drama in 1 Akt.   M. 2.—
Franz Servaes. Stickluft. Drama in drei Aufzügen. Mit einer Vignette von Fidus.   M. 1.50

Verlag von Schuster & Loeffler, Berlin SW. 46.

In unserm Verlage sind erschienen

sämtliche Werke
von
Richard Dehmel:

Erlösungen. Gedichte und Sprüche.

Elegant broschiert M. 3,—
Vornehm gebunden „ 4,—

Aber die Liebe. Gedichte und Geschichten.
Zweites Tausend. Mit Zeichnungen von
Thoma und Fidus.

Elegant broschiert „ 4,—
Vornehm gebunden „ 5,—
Luxusausgabe „ 8,—

Lebensblätter. Gedichte und Anderes. Mit
Zeichnungen von Sattler.

Elegant broschiert „ 3,—
Vornehm gebunden „ 4,—
· Luxusausgabe „ 7,—

Der Mitmensch. Drama.

Elegant broschiert „ 3,—
Vornehm gebunden „ 4,—

Weib und Welt. Gedichte und Märchen.
Mit einem Sinnbild.

Elegant broschiert „ 3,—
Vornehm gebunden „ 4,—
Luxusausgabe „ 6,—

==== Zu beziehen durch jede Buchhandlung. ====

www.ingramcontent.com/pod-product-compliance
Lightning Source LLC
Chambersburg PA
CBHW020031030726
47499CB00007B/2370